A CHATEAUDUN.

ÉMILE BERGERAT

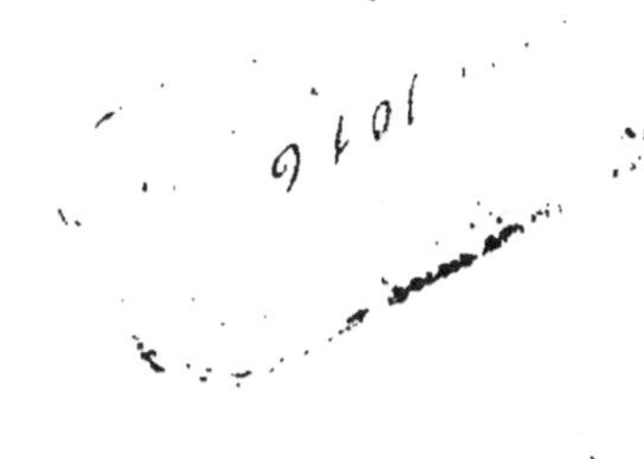

CHATEAUDUN

PARIS

ALPHONSE LEMERRE, ÉDITEUR

47, PASSAGE CHOISEUL, 47

1871

A CHATEAUDUN

—

A MON AMI

FERDINAND GLAIZE

———

Petite ville de province,

Ton salutaire souvenir

N'est pas de ceux dont on évince

La mémoire de l'avenir !

Ta gloire n'est pas établie
Sur un socle au granit chanceux,
Et ton combat n'est pas de ceux
Qu'un poëte français oublie!

Petite ville, si j'étais
Ce que pour toi je voudrais être,
Avec ta ceinture pour mètre
Et tes ruines pour étais,

Je te bâtirais... — Ah! devine!
— Un tombeau? — non! — Un temple? — non! —
— Un Colysée, un Parthénon? —
Non plus! — Quelque Babel divine?

— Non! mais si tu veux le savoir,
Un collége, — avec cette enseigne :
« Ici l'héroïsme s'enseigne!
« Ici l'on apprend son devoir

« Ici l'on revêt sa poitrine

« Du triple airain de la vertu !

« *Discendum vivere mortu !*

« L'exemple est près de la doctrine ! »

Et dans cette université

Les enfants qui seront la France

Auraient des vieux de la cité

L'enseignement de délivrance !

Et l'on en compterait plus d'un

Dans l'élite de ceux qu'on trie

Qui viendraient savoir la patrie

Au collége de Châteaudun !

Qu'ils sont rares dans le silence,

Les cœurs taillés sur ton patron !

Le vieux monde n'est qu'un poltron

Qui sur son tombeau se balance !

O sinistre farniente

Qui renversera la bascule

Où s'alourdit et s'émascule

Notre vieille chrétienté ?

Qui nous changera cette race

Dont le bras dément le cerveau,

Pour qui nul rêve n'est nouveau,

Et que l'action embarrasse ;

Qui se rit de ses porte-croix

Et de ses buveurs de ciguës,

Et qui n'a plus de blanc, je crois,

Que son rictus de dents aiguës ?

Ah ! petit écrin de héros,

Comme auprès de toi sont vulgaires

Tous ces Marlborough-va-t-en-guerres

Affublés de leurs sombreros !

Quelle est triste cette campagne

De mil huit cent soixante et dix !

Quelles villes ! quelle campagne !

Quelle France ! oh ! De profundis !

Sont-ce là tes fils, grande Terre ?

— Pieux paysans, dites-nous,

La lâcheté, la tenez-vous

De Bossuet ou de Voltaire ?

Dans quels écrits, même des leurs,

Lisez-vous qu'on jette ses armes,

Et que l'on répond par des larmes

Aux coups de bâton des voleurs ?

Dites : De quelle république,

De quel roi tenez-vous ce cœur

De dénoncer d'un geste oblique

Les vaincus cachés au vainqueur ?

Pendant les nuits où l'on trébuche,

De quel faiseur de coups d'État

Apprîtes-vous cet attentat

De les jeter dans une embûche?

De quels confesseurs mal tessés,

Ou de quel juif épouvantable,

L'art de préserver votre étable

En y refusant des blessés?

Chez quels marchands de vin obèses,

Dans quel couvent vous apprit-on

A souiller les vignes françaises

En trinquant avec les Teutons?

De qui la faites-vous dépendre

Votre honte, dont je prends soin,

Misérables, qu'il faudrait pendre,

Si l'on pendait avec du foin!

Ah! c'est d'une haine jalouse

Que je les hais, ces vieux brigands,

Qui portent l'habit sous la blouse

Et l'ongle crochu sous les gants!

Je la hais! cette ignoble race

De voteurs d'empires tout faits,

Envieuse, inepte, vorace,

Craignant moins Dieu que ses préfets!

Qui fait de serment industrie,

Feu de tout bois, argent de tout,

Et jouerait jusqu'à sa patrie

Sur la crasse d'un roi d'atout!

Dont l'œil pour un sou neuf s'injecte,

Et s'humecte au cri des bouchons!...

Auprès de cette engeance abjecte

Les porcs ne sont plus des cochons!

Ah ! laissez-moi ! je me soulage,
Car je les ai toujours haïs !
Car ils m'ont perdu mon pays
Comme ils m'ont perdu mon village.

Les Teutons en avaient pitié !
Et nos turcos en avaient honte !
Dans nos désastres, si l'on compte,
Ils sont au moins pour la moitié !

Adieu, forêt ! adieu, prairie !
Je n'irai plus dans vos chalets !
Les vassaux sont restés valets !
Après le château, la mairie !

J'ai le remords des jours vécus,
O nature, dans tes bocages !
Mettez les rossignols en cages :
Ils ne chantent que les écus !

L'herbe est lâche, et la ronce tremble !

Les bois sont couards ! et les eaux

Sanglotent de peur sous le tremble

D'où se débandent les oiseaux !

Adieu, champs ! La moisson est vile !

Le vin du crû perd au grésil

Son fier goût de pierre à fusil !...

— Je veux mourir dans une ville !

Châteaudun ! s'il reste en tes murs

Un pigeonnier pour un poëte

D'où l'on entende l'alouette

Chanter l'aube dans les blés murs,

Garde-le-moi : je veux y vivre !

Je veux y retremper ma foi !

J'y veux apprendre au moins de toi

Comment un peuple se délivre !

Compter à l'âge de tes fils
Les jours que la vertu confère,
Et chanter ce que l'on doit faire
En célébrant ce que tu fis !

Je 'veux, dénombrant par une ode
Chacun de tes Guillaume Tell,
Sous ta dictée, obscur Rapsode,
Écrire un poëme immortel !

Et si ton héroïque histoire
Trouve en moi son barde inspiré,
Si ma lyre module en gloire
Ton héroïsme respiré ;

Si je tisse bien cette trame
Qui te renoue aux grands aïeux,
Si mon cœur digne de ton âme
Trouve le chemin de tes yeux,

Je ne rêve, orfévre de rimes,

D'autres salaires triomphants

Qu'une de tes filles sublimes

Pour la mère de mes enfants !

Achevé d'imprimer

LE 21 AVRIL MIL HUIT CENT SOIXANTE-ONZE

PAR J. CLAYE

POUR A. LEMERRE, LIBRAIRE

A PARIS